EL BARCO DE VAPOR

La princesa y el rey pez

Jordi Sierra i Fabra

Ilustraciones de Conrad Roset

sm

www.
literaturasm
.com

Primera edición: mayo de 2012
Cuarta edición: febrero de 2014

Dirección editorial: Elsa Aguiar
Coordinación editorial: Patrycja Jurkowska
Cubierta e ilustraciones: Conrad Roset

Impresores, 2
Urbanización Prado del Espino
28660 Boadilla del Monte (Madrid)
www.grupo-sm.com

Tel.: 902 121 323
Fax: 902 241 222
e-mail: clientes@grupo-sm.com

ISBN: 978-84-675-5630-8
Depósito legal: M-14272-2012
Impreso en la UE / *Printed in EU*

1 El rey pez

En el fondo del mar, en las profundidades de aquellas aguas tan claras que bañaban las mil islas del arrecife coralino, vivía el más hermoso de los peces.

Se llamaba Bayir.

Era más que hermoso: era único. De cuerpo estilizado y poco más de un metro setenta de largo, tenía una aleta dorsal, dos laterales, una cola preciosa y una cabeza perfecta, puntiaguda como la de un delfín. Pero sin duda, su gran belleza provenía del brillo de su cuerpo, lleno de escamas de colores. Tantas que parecía como si un arco iris celestial se hubiera apoderado de él. La cabeza era verde; las aletas, amarillas; el tronco, azul, y la cola, roja. El cambio de un color a otro era un delicado tornasol que aglutinaba los demás tonos imaginables.

Cuando nadaba surcando los corales, incluso el agua parecía aquietarse ante su paso majestuoso y altivo. Se movía con velocidad de vértigo, dejando un cosquilleo mágico que contagiaba a los demás peces del arrecife. Como si un cometa hubiera caído al mar.

Para todas las especies del fondo del mar, no había duda: aquel era su rey.

El rey pez.

Y él vivía feliz, recorriendo sin cesar las mil islas que formaban el arrecife. Mil islas llenas de árboles y unos seres que las habitaban agrupados en poblados.

Los padres del rey pez le habían dicho cuando era pequeño:

–Cuídate de los seres de dos piernas, pues ellos salen a la mar en maderas que flotan y nos pescan, echan sus redes y nos capturan.

Bayir, sin embargo, era curioso. No podía evitarlo.

Curioso y muy joven.

Una y otra vez, eludiendo las maderas con las que viajaban aquellos seres, se acercaba a las islas para espiarlos, atisbar sus movimientos de lejos y aprender de sus costumbres. Así los veía bailar alrededor de las grandes fogatas que hacían en la

playa, escuchaba sus cantos y quedaba fascinado con los juegos de los más pequeños a la orilla de las aguas. El mundo de la superficie era agradable, tanto o más que el mundo submarino.

La diferencia estaba en que ellos, los peces, no se comían a los seres de dos piernas.

No solo se trataba de las criaturas que habitaban este mundo entre la superficie del mar y el cielo, siempre lleno de pájaros. A Bayir también le gustaba ver las palmeras mecidas por el viento, sentir el calor del astro llameante en lo más alto del firmamento y notar la caricia de la brisa haciéndole cosquillas en la cabeza cuando se asomaba fuera del agua.

Ah, la existencia del rey pez era tranquila y excitante al mismo tiempo. El mundo submarino era inmenso, y Bayir comprendía que ni teniendo diez vidas conseguiría explorarlo entero. Por la misma razón, las mil islas del mundo exterior se hacían infinitas para su insaciable curiosidad.

Aun así, quizás hubiera podido llegar a ser el mayor explorador de la historia del arrecife.

Quizás.

Pero la vida de Bayir cambió un día.

Inesperadamente.

2 La niña de la playa

Era un apacible atardecer. Escasas nubes tachonaban el cielo de copos blancos mientras el horizonte, a lo lejos, se llenaba de colores cada vez más cárdenos. Durante el día había hecho mucho calor, tanto que hasta las aguas llegaron a estar más cálidas que de costumbre. Bayir, que había dado una vuelta completa a varias islas jugando a ver cuántas era capaz de rodear en una sola jornada, se alejó de pronto más y más, en línea recta, hacia poniente, para averiguar por dónde desaparecía el astro llameante del cielo. Siempre le sorprendía ver cómo aquel disco emergía de las aguas sin quemarlas y horas después se sumergía en ellas con la misma prodigiosa habilidad. Su padre le había dicho que el poderoso ser del cielo flotaba en el aire, pero Bayir pensaba que eso era imposible. De esta forma llegó a una zona de aguas relativamente profundas donde las olas besaban las costas de varias islas dispersas por el mar.

Unas islas nuevas y desconocidas para él.

Y fue entonces, al asomarse a ras del agua frente a una playa de arenas muy blancas, cuando...

La vio.

Una pequeña criatura de las islas.

Tan hermosa, tan increíblemente única, tan especial...

El pez había visto a muchos seres de dos piernas. Siguiendo el consejo de su padre, los rehuía cuando salían a pescar con sus maderas flotantes,

pero los espiaba cuando jugaban o nadaban cerca de la orilla. A veces se aproximaba tanto que podía escuchar sus voces y así los veía más de cerca. Eran muy curiosos.

Sin embargo, nunca había visto a nadie como ella.

Su cabello, muy largo y muy negro, le llegaba más allá de la espalda. Sus ojos eran dos lunas, siempre llenas, y brillaban como dos constelaciones atrapadas en aquel universo acotado que formaba su rostro. La nariz era una colina apenas dibujada sobre sus labios, suaves corales cincelados por una naturaleza caprichosa y perfecta.

Su piel oscura era una noche clara. Sus manos, algas vivas. Sus pies, ostras dulces. Y sus brazos y piernas, hojas de la más tierna palmera.

Bayir no supo qué le sucedía.

Su corazón empezó a latir tan rápido que las aguas se agitaron como si fuera a desencadenarse una tempestad.

Fue un arrebato, un impulso, una locura, una pasión tan fuerte y súbita que no la pudo reprimir. Al contrario.

Todo en él cambió de pronto.

Bayir se había enamorado.

3 El rapto de Seleine

El tiempo dejó de existir.

Con la cabeza a ras del agua, Bayir pasó mucho rato observando a la pequeña habitante de la isla.

No supo qué hacer hasta que, de pronto, ella corrió al agua y se arrojó de cabeza riendo.

Nadaba como el propio rey pez. Nadaba como los delfines o las sinuosas anguilas, como las sutiles rayas o las lánguidas medusas. El mar la acariciaba.

Tan bella como un coral.

Bayir se aproximó tanto que, sin darse cuenta, saltó por encima de las aguas y cruzó el cielo igual que un pájaro, con las aletas extendidas. El astro llameante le arrancó todos los destellos imaginables, desparramando un arco iris de verdad en la trayectoria semicircular de su vuelo.

Cuando volvió a caer al agua, dejó de ocultarse. Nadó tan cerca de ella que les bastó extender una mano y una aleta para tocarse.

La piel de la pequeña era suave.

La de Bayir, fascinante.

Los dos se quedaron mirando, sorprendidos pero también felices.

–¿Cómo te llamas? –le preguntó Bayir.

–Seleine –dijo ella.

–Yo soy el rey del mar, el rey de todos los peces, y mi nombre es Bayir.

–Pero hablas como yo –se sorprendió la pequeña.

–Os he observado mucho tiempo. ¿Qué eres?

–Una niña, un ser humano.

–¿Y él? –preguntó Bayir señalando el astro del cielo, que en ese momento se sumergía entre las olas.

–Es el sol. Nos da vida, calor y energía.

–Sabes muchas cosas –suspiró el pez.

–Sé lo que sabe cualquiera –dijo ella, y volvió a tocarle con la mano.

Bayir se estremeció.

–Ahora debo irme –anunció Seleine.

–¿Por qué?

–Es hora de cenar, tengo que volver a casa. Solo quería darme el último baño del día.

–¿Tu casa?

–El lugar donde vivo. Está hecha con hojas de palma, y es muy agradable y bonita.

–Mi casa es el mar. También es agradable y hermoso.

–Entonces, eres afortunado.

–Ven –dijo el pez de repente, y le tendió una aleta.

–No puedo –se entristeció la niña antes de que su rostro volviera a iluminarse–. Pero regresaré mañana, y pasado, y siempre, para verte y ser tu amiga.

–No, no lo harás –el semblante del pez se ensombreció.

–Claro que lo haré. ¿Por qué iba a engañarte?

–Vosotros nos pescáis y nos coméis.

–¡Yo nunca haría eso! –protestó Seleine.

Los ojos de Bayir se llenaron de luces.

–Eres muy bonita –dijo.

–Y tú, el pez más increíble y bello que jamás haya visto.

El sol, como lo llamaba la niña, desapareció bajo las aguas.

La niña iba a marcharse.

Nadaría hacia la orilla, echaría a andar sobre sus frágiles piernas y desaparecería.

Bayir se estremeció todavía más.

Porque no quería perderla.

Quería...

Lo que hizo entonces fue un arrebato, una locura, algo en lo que ni siquiera había pensado. Simplemente... reaccionó así, movido por su joven ímpetu y su instinto animal.

Se acercó a Seleine, la rodeó con sus aletas en el más dulce de los abrazos y, sujetándola con fuerza, se la llevó al fondo del mar.

4 En el fondo del mar

Seleine se debatió entre las aletas del pez. No entendía lo que estaba sucediendo. No comprendía cómo, de pronto, aquel maravilloso ser de las profundidades marinas se comportaba de tal manera. ¿Acaso se había vuelto loco?

Sí, ignoraba que Bayir se había vuelto realmente loco... de amor.

Ciego, sordo y con la razón nublada por aquel extraño, nuevo e inquietante sentimiento que se había apoderado de él, el rey pez solo podía pensar en ella, en aquella criatura celestial que acababa de cambiarle la vida. Quería hacerla feliz, compartir su vida con ella, ofrecerle el mundo submarino, el mar entero. ¿No era el pez más hermoso del mar? ¡Seleine tendría que estarle agradecida por el regalo!

Pero no lo estaba.

La niña se debatió con furia entre las poderosas aletas, intentando que sus pequeñas manos vencieran la fuerza de su inesperada cárcel, pero el pez no aflojó su abrazo hasta que llegaron al fondo del mar.

Entonces sí, Seleine consiguió zafarse de Bayir.

Los dos se quedaron mirando: llenos de amor los ojos del pez, asustados los de la pequeña.

–¿Esto es un juego? –preguntó insegura.

–No, no es un juego –dijo Bayir.

–¿Por qué me has traído aquí?

–Porque quiero regalártelo todo –abrió las aletas y abarcó cuanto veían sus ojos.

–Yo no quiero nada, solo quiero volver a mi casa.

–Serás mi reina –insistió él.

–¡No quiero ser tu reina! –se enfadó.

–¿Por qué?

–¡Porque tú eres un pez y yo una persona! ¡Es imposible!

–No hay nada imposible –insistió Bayir.

–¡Estás loco!

–Sí –sonrió dándole la razón–. Loco de amor por ti, que has llenado mi mundo de luces. Mi vida ya no tendría sentido sin ti.

–¡Pero si te he dicho que seríamos amigos!

–No es suficiente –negó con la cabeza.

Seleine comprendió que estaba atrapada, porque Bayir era más rápido y más fuerte que ella. Entonces se puso a llorar, y el mar devoró sus lágrimas rápidamente, haciéndolas suyas como si fueran gotas de agua.

–Quiero... irme a... casa –gimió la niña.

–Vamos, por favor, confía en mí. Verás como esto es mucho mejor que tu tierra. Aquí hay un mundo infinito por ver y explorar. Tú vives en una isla diminuta donde no hay más que árboles.

–¡Pero es mi casa!

–El amor puede con todo.

–¡Pero yo no te quiero! –gritó Seleine–. ¡Te odio!

Las palabras de la pequeña atravesaron el corazón del rey pez, pero ni aun así se conmovió. Ya no había vuelta atrás. Había secuestrado a su amada, y consagraría su vida a hacerla feliz y demostrarle que el amor que sentía por ella podía ser recíproco.

–Lo siento –dijo categórico–. Al verte no he podido evitarlo. Me he enamorado de ti. Quiero que seas la reina de mis aguas, la princesa de mi

alma, la vida de mi corazón. Sé que a mi lado serás feliz porque te ofreceré lo más dulce que nos da la existencia: el amor.

–No puedo vivir aquí contigo –trató de convencerle–. Soy humana. Mi sitio está en tierra, con los míos. Yo no soy un pez.

–¿No comprendes que ya no puedo dejarte marchar? Me resulta imposible después de haberte conocido.

–¿Y te da igual que yo sea infeliz? ¿O que los míos se sientan desgraciados por mi ausencia? Si me amaras como dices, lo que más debería importarte es mi felicidad.

–Vas a ser feliz, te lo aseguro. Quédate.

–¡Debo regresar!

–¡No!

La niña quiso nadar, pero el pez era más rápido. La niña quiso correr, pero sus piernas eran inútiles en el fondo del mar. La niña volvió a llorar, pero sus lágrimas desaparecieron entre las aguas que la envolvían. Bayir no quería verla tan triste. La abrazó con sus aletas para consolarla. Se sentía extraño: era el pez más envidiado del mar, pero el único ser que le importaba no le veía tal y como le veían los demás.

Vaciló.

–Te propongo un trato –suspiró para tratar de calmarla–. Cada noche de luna llena, podrás asomarte a ras del agua frente a una isla y observar el pueblo de la costa. El azar determinará el resto. El día que reconozcas tu casa, serás libre de regresar con los tuyos. Mientras tanto, vivirás aquí, conmigo, en el mar.

–Pero...

–Esa es mi condición. Tómala o déjala –la detuvo Bayir–. No puedo hacer otra cosa sin herirme más a mí mismo de lo que podría herirte a ti.

Seleine ya no pudo replicar.

Y eso fue todo.

5 Las noches de luna llena

Bayir sabía que la niña no era feliz, que vivía en el infortunio, que echaba de menos a los suyos, que no se sentía cómoda en el mar, que anhelaba el sol en su piel y el viento en sus cabellos, las luces de su mundo y los sonidos de la tierra. Pero aun así, egoístamente, prefería verla desgraciada a no verla, y la retuvo a su lado, luna a luna, mes a mes.

Y fueron muchas lunas, muchos meses.

Tantos, que la niña dejó de ser niña para convertirse en una joven doncella.

Con cada luna llena, el pez y ella se acercaban a la costa de una isla del arrecife, sacaban la cabeza a ras del agua y...

–¿Es este tu pueblo? –preguntaba él.

–No –respondía ella.

La esperanza se hacía cada vez más pequeña.

Luna a luna, la niña regresaba al fondo del mar con su enamorado pez, pues el lugar elegido nunca correspondía con el de sus recuerdos.

Luna a luna.

Al comienzo, Seleine escogió las islas y los pueblos al azar, sin fiarse de Bayir. Después, y dado que vivía en una gran isla coronada por una montaña, partió de un punto concreto del arrecife y cada mes oteaba desde el agua la isla siguiente a la del mes anterior. El pez sabía muy bien cuál era la tierra de la niña. Nunca le decía si su elección era acertada o no. Como buen habitante de las profundidades, conocía la línea

de la costa tan bien como el fondo abismal del que había salido. Por esta razón, el tiempo transcurrió sin que nada enturbiara su sensación de victoria. Mes a mes, su amor por Seleine creció y creció hasta hacerse tan grande como el océano.

Bayir deseaba vivir siempre a su lado.

Pero unos pocos años después, por más que hubieran empezado en la parte más lejana del arrecife, el pueblo de su prisionera fue acercándose luna a luna, hasta que el pez supo que la hora de la verdad había llegado.

Con la siguiente luna, la muchacha se asomaría frente a su playa.

El pez tendría que cumplir con su palabra y dejarla marchar.

Y eso no podría soportarlo.

La noche antes de que la luna entrara en su plenitud, sacó la cabeza a ras del agua y llamó al viento y a las nubes, a la tempestad y a la lluvia.

Era Bayir, el rey de los peces.

–Haced que mañana esta costa sea irreconocible –les imploró–. Mandad el peor de los huracanes si es necesario. Hacedlo, os lo suplico, o mi dolor será tan grande que no habrá mar suficiente para todas mis lágrimas.

Y al día siguiente, la peor de las tempestades se abatió sobre la tierra y el mar.

Cuando la muchacha se asomó a ras del agua, no reconoció apenas nada. Ni siquiera atisbó la línea de la costa, tal era la intensidad de las furias que la naturaleza había desatado.

Seleine volvió a las profundidades, con el rey pez.

Y así, pasaron algunos años más.

Luna a luna, ella buscaba su pueblo.

Luna a luna, sin encontrarlo.

Luna a luna, con Bayir cada vez más enamorado y la muchacha cada vez más resignada.

6 De niña a joven

Ya no quedaba rastro de la niña que había sido.

Ni de la joven doncella que había florecido en el fondo del mar.

Un día, reflejada en el interior de una enorme ostra que le servía de espejo, Seleine descubrió que ya era casi una mujer.

Bayir no había cambiado. Seguía siendo el rey pez, el ser más llamativo de las aguas, la criatura más fascinante de cuantas nadaban por aquel mundo enorme y silencioso.

Seleine ya no le odiaba.

Apreciaba el amor que le profesaba, lo bien que la trataba y los mimos que le prodigaba, pero no podía amarle.

No mientras fuera su prisionera.

Todas las noches de luna abrigaba la esperanza de emerger de las aguas delante de su isla, su casa, y todas esas noches de luna regresaba con Bayir al fondo del mar, llena de tristeza. El pez trataba de animarla, distraerla: hacía piruetas, saltaba, se comportaba como un tonto enamorado, un payaso multicolor. Incluso buscaba tesoros escondidos en aquellas profundidades, como los barcos que habían naufragado con sus arcas llenas de joyas, perlas, monedas de oro... Pero nada conseguía cambiar el semblante de la joven.

–El próximo mes tendrás más suerte, ya verás.

–Tú no quieres que me vaya –protestaba ella–. Mi suerte sería tu tristeza. Eres un mentiroso. Si me quisieras de verdad, me dejarías libre.

–Te quiero de verdad, pero si te libero, me moriré.

–Y yo lo haré aquí tarde o temprano.

–No, nunca dejaré que te mueras. El amor es eterno cuando es puro.

–El amor es eterno cuando es sincero y correspondido. Solo entonces trasciende en el tiempo.

Con los años, la muchacha se había hecho popular en aquellas aguas. Todos la conocían, la observaban y se acercaban a ella llenos de curiosidad, pero Seleine raramente trababa amistad con nadie. Nunca dejaría de ser humana, y los animales recelaban de su comportamiento por más que fuera amable y cordial. Una vez preguntó si existían las sirenas y todos los peces se rieron de ella.

–¿Sirenas? ¿Qué clase de cuento infantil es ese?

–Si un pez como Bayir puede hablar y enamorarse de alguien como yo, ¿por qué no pueden existir las sirenas?

Los peces, las langostas, las medusas, hasta los corales se reían de sus sueños.

Así que Seleine se aburría.

A veces, para castigar a Bayir, se pasaba varios días sin pronunciar palabra. El rey de los peces se volvía loco entonces. La voz de su amada era el murmullo más agradable de cuantos se propagaban por el fondo del mar. Inevitablemente, con el paso del tiempo, ella no tenía más remedio que volver a hablar.

Parecía que nada ni nadie iba a cambiar esto.

Pero cambió.

Un día.

7 El día de la libertad

El amor de Bayir, lejos de menguar, aumentaba día tras día cuanto más conocía a Seleine. La mimaba, la atendía, le traía los mejores manjares del mar, la cuidaba los días de oleaje y la defendía de cualquier peligro inesperado. La noche en que un volcán submarino despertó de su letargo, la tomó en sus brazos y la llevó lo más lejos que pudo en menos de un suspiro. Raro era el momento en el que no estuvieran juntos. Como el rey pez apenas dormía, y si lo hacía activaba todos sus sistemas para estar en constante y perpetua alerta, apenas dejaba de mirarla un instante.

Hasta que una mañana...

Seleine abrió los ojos y, al desperezarse, se dio cuenta de algo insólito.

Bayir no estaba allí.

Bayir no la contemplaba extasiado como cada amanecer.

La muchacha miró a su alrededor, pero no había nadie más en la cueva submarina que les servía de casa durante aquellos días. Se encontraban a mitad de tiempo entre dos lunas, por lo que no había islas cerca.

Seleine se asomó al exterior, pero tampoco vio rastro de su enamorado pez.

–¿Has visto a Bayir? –le preguntó a una raya enterrada en la arena.

–Ha salido hace un rato, nadando a toda velocidad –le dijo esta–. Ha oído los rumores.

–¿Qué rumores?

–Se dice que un barco cargado de tesoros ha naufragado al sur del arrecife, y el rey pez ha ido a inspeccionarlo. Ya sabes lo mucho que le fascinan esas cosas. Estará buscando algo para ti.

El sur del arrecife estaba lejos.

Lo bastante como para...

Seleine sintió cómo se le paralizaba el corazón.

Bayir era más rápido que ningún otro pez. Su única posibilidad era llegar a una isla, la que

fuera, antes de que él regresara. Si no ponía pie en tierra, la volvería a capturar, arrastrándola al fondo del mar.

Había llegado su oportunidad.

La primera en todos aquellos años.

Seleine miró las aguas, sintió la herida abierta de su alma, pensó en el gran amor del rey pez... Pero su anhelo de libertad pudo más que ninguna otra cosa.

Entonces empezó a correr por el fondo del mar.

Corrió y nadó.

Cuando por fin sacó la cabeza a ras del agua, vio una isla a lo lejos y se dirigió hacia ella.

Metro a metro, no dejaba de pensar que Bayir aparecería de un momento a otro y la apresaría entre sus aletas.

Cuanto más se aproximaba a tierra, más nerviosa estaba. Temía desfallecer por el esfuerzo, pero se dio cuenta de que el cansancio no hacía mella en su ánimo. Después de vivir tantos años bajo las aguas, ya era casi un pez más.

Casi.

Su corazón humano y su determinación la empujaron hasta la playa.

Puso un pie en tierra firme, al aire libre.

Y echó a correr.

Daba igual que no fuera su isla. Allí había gente, y barcas. Lo único que importaba era su libertad. ¡Volvía a ser una persona!

Llegó hasta las primeras palmeras y solo entonces, justo cuando iba a desaparecer entre las matas, escuchó la voz del rey pez a su espalda.

–¡Seleine!

La joven se detuvo y miró hacia atrás.

Bayir estaba en la orilla, agotado después de nadar a toda velocidad para detenerla. No podía avanzar más: sus aletas solo le permitían moverse en el agua. Sus ojos imploraban, su semblante era amargo.

–¡No te vayas!

–Lo siento –dijo Seleine.

–¡Te quiero!

Su amada ya no le respondió.

Bajó la cabeza y continuó su camino.

Ella también estaba llorando.

8 De vuelta a casa

La noticia de que una niña había desaparecido años atrás era conocida en las mil islas del arrecife. No existía pueblo alguno que no la hubiese convertido en leyenda, con sus diversas interpretaciones. Que si la niña se transformó en un pájaro y se fue volando. Que si en realidad era una sirena que había vuelto a su hogar marino. Que si se trataba de una hechicera. Que si era una joven diosa enviada por los amos del cielo y el mar para observarlos de cerca antes de regresar a su paraíso. Que si se había marchado nadando para descubrir otros mundos...

Cuando Seleine emergió de las aguas, los ecos de su regreso se expandieron a los cuatro vientos.

Y los tamtams dieron la noticia de isla en isla.

Dos días después, cuando ya había descansado y estaba más calmada, una barca la llevó a casa.

La joven se escondió, sin dejarse ver, por miedo a que Bayir interceptara la embarcación, la volcara y volviera a secuestrarla. En ningún momento asomó la cabeza por la borda, y prohibió a los que la acompañaban decir su nombre en voz alta. Aquellos hombres pensaron que se había vuelto loca después de tantos años, pero respetaron su voluntad. De esta forma, el viaje fue plácido a lo largo de las tres jornadas que duró.

Un amanecer, Seleine distinguió por fin su isla.

La montaña.

La playa de la que había sido raptada por el rey pez.

Y en esa playa vio a su familia, sus amigos, sus vecinos.

Todos habían ido a recibirla.

Fue un encuentro emocionante, lleno de lágrimas y besos. Ella había cambiado mucho, pero también sus padres, sus hermanos y hermanas, sus tíos y tías, sus abuelos... Las amigas con las que había jugado se habían convertido en hermosas mujeres. Algunas estaban casadas y tenían hijos pequeños. Todo era igual y distinto al mismo tiempo.

Seleine era presa de las más vivas emociones.

Y mientras la estrujaban y la abrazaban, la besaban y le hacían mil preguntas, ella miraba hacia el mar, como si de un momento a otro fuera a aparecer Bayir para reclamarla a su lado.

–¿Dónde has estado todos estos años? –lloraba Ayna, su madre.

–¿Qué ha sido de ti, mi niña? –la estrechaba entre sus brazos Muycan, su padre.

¿Qué podía decirles? ¿La verdad?

¿La creerían?

Su historia era tan extraordinaria que...

–Me secuestraron unos piratas –dijo entonces llena de aplomo ante el asombro de todos, recordando las muchas aventuras que le contaba Bayir para trenzar la suya propia–. Aparecieron en la orilla y me llevaron hasta el buque más grande y a la vez más invisible de cuantos podáis imaginar: navegaba como un rayo entre las olas. Trabajé en el barco durante un tiempo, cocinando para los piratas, pero un día me vendieron a unos mercaderes que habitaban una tierra muy, muy lejana. Era como la de nuestras leyendas sobre los hombres barbados del otro lado del mar. Ahora he podido descubrir que eran ciertas. En aquella tierra viajé sin cesar, por lugares remotos y extraños, unas veces en caravanas de comerciantes y otras en compañía de bandoleros a los que servía ciegamente so pena de que me cortaran la cabeza. Algunas veces, pocas, nos deteníamos un tiempo para labrar la tierra. Íbamos de aquí para allá, hasta que un día fui devuelta a la costa y me vi embarcada de nuevo en un navío, esta vez de pescadores. Llevábamos semanas en el mar cuando caí en la cuenta de que estábamos en nuestro arrecife. Y entonces, aprovechando un descuido de los que me vigilaban, me tiré al mar y nadé hacia la isla más cercana.

Al concluir su relato, suma de las extraordinarias narraciones que le había contado Bayir a lo largo de aquellos años, reinó un silencio impresionante.

Nadie dudó de ella.

Todos quedaron convencidos, mucho más de lo que los hubiera convencido la verdad.

–¡Ahora ya pasó! –exclamó su madre, feliz.

–Has vuelto a casa, y es cuanto importa –añadió su padre.

–En tu ausencia te proclamamos princesa –suspiró su hermana Nereia.

–¡Princesa Seleine! –aplaudieron todos.

–Volvamos al pueblo. Hay que celebrar una gran fiesta en honor a nuestra hija –propuso el jefe de la isla.

–¡Sí, y daremos gracias a los señores del cielo y del mar por nuestra suerte! –proclamó la hechicera mayor.

La pesadilla parecía olvidada.

Todos regresaron cantando y riendo.

Antes de que la playa quedara atrás, sepultada en el verdor de la jungla, tan solo Seleine volvió la cabeza para mirar el mar.

El mar en el que nunca volvería a bañarse por miedo a que Bayir la secuestrara de nuevo.

El mar que había sido su casa.

El mar del rey pez.

9 La captura de Bayir

Aquella noche, Seleine durmió agotada.

La escapada, los dos días en la primera isla, los tres días de viaje en barca, el miedo a que Bayir diera con su rastro, las emociones del reencuentro, las preguntas y más preguntas de cuantos se sentían felices por su regreso, la fiesta que duró hasta que la oscuridad se hizo tan cerrada que ni los restos de las fogatas la rompían...

Su cama.

Su bendita cama. Tantos años había dormido sobre corales y esponjas...

Al amanecer abrió los ojos, asustada.

No, no era un sueño: estaba en casa.

Bayir no la miraba extasiado, como cada mañana.

Era libre.

Pero gozaba de una extraña libertad.

A lo largo de aquellas horas, su mente había volado una y otra vez hacia el fondo del mar, preguntándose qué haría el pez sin ella; sus ojos otearon más allá de la tierra y las palmeras, para perderse en la línea azul del horizonte.

Ahora, la isla era ella.

¿Qué podía hacer?

¿Cómo podía volver a ser lo que fue un día, cuando tantos y tantos años había sido...?

¿Qué había sido? ¿Una extraña en un mundo que no era el suyo, el amor de un ser increíble?

En el pueblo, todos la miraban con admiración, fascinados por su extraordinaria historia. Seleine había vivido más aventuras de las que todos llegarían a vivir jamás. De pronto, no solo era popular y famosa, sino que la habían proclamado princesa. Por suerte, su fértil imaginación y las experiencias contadas por Bayir la ayudaban a construir sus falsos recuerdos.

Todo ello no impidió que, a la noche siguiente, se refugiara en la soledad y se echara a llorar.

Lágrimas que ya no se desvanecían en el mar, convertidas en gotas de agua, sino que resbalaban por sus mejillas, caían al suelo y desaparecían en la arena.

De pronto se sentía como una extraña en los dos mundos.

En el mar y en la tierra.

Seleine miró al firmamento.

Ya solo le faltaba que los amos del cielo se la llevaran volando como un pájaro.

Cuando se acostó, se quedó dormida de inmediato.

Y empezó a soñar que volaba.

Por encima del mar y de la tierra, por encima de Bayir y de los suyos, por encima de todo.

Escuchó gritos.

Voces.

–¡Aquí!

–¡Venid!

–¡Es asombroso!

Abrió los ojos y comprendió que no se trataba de un sueño, que las voces eran reales, que algo estaba sucediendo en la isla, en el pueblo.

Algo que conmocionaba sus vidas.

Saltó de la cama y echó a correr con los pies descalzos.

Hacia la playa.

De pronto, oyó un grito más fuerte que apagó todos los demás. Un grito acompañado por estas palabras:

–¡Es un pez único, increíble! ¡El pez más hermoso de todos los peces del mar! ¡Tiene los colores del arco iris en sus escamas!

Y entonces, a lo lejos, atrapado en una red que transportaban varios pescadores, vio a Bayir.

10 Prisionero

Fue difícil calibrar el peso de sus sentimientos en ese instante. Por un lado, la captura de su secuestrador podía considerarse una victoria, pero por otro lado...

Bayir seguía siendo el más hermoso de los peces.

Un animal único que no merecía ser devorado por los humanos; sus espinas no deberían ser arrojadas a los cerdos.

Seleine se ocultó para que el rey de los peces no la descubriera. Desde detrás de una palmera, vio cómo Batir se debatía con todas sus fuerzas envuelto en la red. Los hombres que le sujetaban se mantenían lo más lejos posible para que no los golpeara con la cola o las aletas, tales eran las convulsiones que producía en sus desesperados intentos por liberarse. Fuera de las aguas, los rayos del sol arrancaban destellos celestiales a sus escamas, que brillaban incluso más que bajo el mar, donde reinaba con todo su esplendor. Los niños del pueblo estaban boquiabiertos, pues jamás habían visto nada parecido.

Al llegar a la plaza, la comitiva se detuvo y Bayir quedó tirado en el suelo, sin dejar de moverse.

Siempre que ocurría algo singular, el Consejo del pueblo se reunía para debatir, aunque en este caso era la comunidad entera la que hablaba y gritaba.

–¿Qué vamos a hacer con él?

–¡Nos lo comeremos!

–¡Sí, eso, seguro que es un dios de las aguas y nos hará más fuertes!

–¡No! ¿Comerlo? ¡No seáis absurdos! ¿De qué servirá eso? ¡Es demasiado bello para que desaparezca!

–Hay muchas personas que vienen en sus grandes barcos y nos compran cocos, hojas de palma y también las cosas que hacemos. ¿Por qué no venderles este pez a un buen precio?

–¡Sí, sí!

–¡Pero es nuestro, nosotros lo pescamos! ¿Acaso hemos de renunciar a contemplarlo solo por lo material?

Seleine se volvía loca. ¿Comerse a Bayir? ¿Venderlo? ¿Matarlo y disecarlo? El rey pez la había apartado de los suyos durante años y había actuado mal, muy mal, comportándose de forma egoísta por mucho que dijera que la amaba. Pero ella sí tenía corazón, y era enorme. Un corazón capaz de perdonar, de no desear venganza.

Cruel palabra la venganza.

La joven salió de su escondite.

Y al verla, Bayir dejó de moverse.

–¡Mirad! –gritó alguien–. ¡Lo ha paralizado con su hechizo!

Todos se fueron apartando mientras Seleine se acercaba a Bayir.

Se miraban a los ojos.

No intercambiaron palabra.

En los del rey pez, Seleine vio todo el amor que le profesaba. En los de ella, Bayir vio muchas cosas: piedad, perdón, ternura, esperanza...

–Escuchadme todos –la joven se volvió hacia sus vecinos–. Yo conozco a este pez. En mis viajes lo he visto muchas veces en el agua, saltando junto al barco que me conducía –esperó a que sus palabras calaran en su gente–. Una vez caí al agua, y me habría ahogado si él no me hubiera salvado, dejándome cabalgar sobre su lomo mientras una barca me rescataba. En aquella ocasión también quisieron capturarlo, pero él fue más listo y regresó al fondo de mar –volvió a dejar que el silencio amparara su breve pausa–. Estoy en deuda con él, y puesto que me habéis proclamado princesa, os digo que no vamos a comerlo ni a venderlo ni a disecarlo. Lo que haremos será dejarle vivir en nuestra laguna.

–¡Sí!

–¡Seleine tiene razón!

–¡A la laguna, a la laguna!

La muchacha se quedó quieta, con el corazón latiéndole con fuerza, mientras los pescadores llevaban la red que aprisionaba al rey pez a la laguna que presidía el centro del pueblo.

Una laguna de apenas veinte metros de diámetro donde solo se podía nadar en círculos, jamás en línea recta.

11 La primera noche

Aquella noche, mientras todos dormían, Seleine fue a visitar a Bayir.

La joven se arrodilló a la orilla del estanque y el rey pez asomó la cabeza a ras del agua.

–Hola –dijo ella.

–Hola –musitó él.

Siguieron mirándose unos segundos.

–¿Por qué te fuiste?

–Ya te lo dije. Este es mi mundo.

–Y el mío, el mar.

–Sí.

–Ahora yo soy tu prisionero.

–No es cierto. Yo no te he capturado. Ni siquiera sé cómo... –Seleine alzó las cejas mientras se estremecía–. ¿Te has dejado atrapar para verme?

–No –fue sincero Bayir–, pero en mi locura, deseando saber si estabas bien, queriendo verte una vez más... he perdido toda noción de peligro y he olvidado cualquier precaución. Eso es lo que ha sucedido. La barca de los pescadores surgió a mi espalda. Ni siquiera me di cuenta de que arrojaban la red hasta que me vi envuelto en ella.

–¡Estás loco!

–Loco de amor, sí. ¿Cuántas veces te lo he dicho en estos años?

–Bayir, hubiéramos podido ser amigos desde el comienzo. ¿Por qué tuviste que raptarme?

–Perdóname.

–Ya te he perdonado, pero mírate ahora. Fíjate en qué te has convertido. No deberías estar aquí. Tú eres un rey.

–Y tú, ahora, una princesa.

–Eso da igual. En lugar de rey, deberían proclamarte el mayor de los tontos.

–Pero volvemos a estar juntos.

–No estamos juntos –dijo Seleine con amarga tristeza–. Solo lamento que ahora seas tú el que sienta lo que sentí yo durante mi cautiverio.

Las escamas del rey pez brillaban a la luz de la luna.

–Ven conmigo al fondo del estanque –le pidió él.

–¡No!

–Entonces, libérame.

–¿Por qué debería hacerlo?

–Porque soy un gran pez y esta laguna es insignificante para mí. Me volveré loco. Lo único que puedo hacer es dar vueltas y más vueltas. Es peor que una cárcel. Yo te di el mar entero. No me condenes a esto.

–¿El mar entero? ¡Era demasiado grande para mí, de la misma forma que esta laguna es demasiado pequeña para ti! ¡Fui tu esclava!

–¡Fuiste mi reina!

–Nosotros, los humanos, tenemos muchas cosas malas, pero también muchas cosas buenas. La justicia es una de ellas. Tarde o temprano, el mal se paga.

–Yo no sé qué es el mal. Solo sé que me enamoré.

–Y me llevaste a la fuerza.

–Dime solo una cosa.

–¿Cuál?

–¿Me amas?

–Eso es irrelevante –sentenció ella apartando sus ojos de él–. Si te dejara libre, volverías a raptarme, y esta vez para siempre.

–¿Y si te prometiera que no sería así?

–No te creería. Sé que de alguna forma me engañaste en las noches de luna llena. Lo siento.

–Seleine, no me dejes aquí...

–No puedo hacer otra cosa –bajó la mirada–. Vendré cada noche a verte, es lo único que puedo prometerte.

No le resultó fácil levantarse.

Ni dar el primer paso para regresar a su cabaña.

–¡Seleine!

No volvió la cabeza.

Aquella noche, los dos lloraron. El pez, de amor. La joven, de soledad.

12 Las siguientes noches

PASARON LOS DÍAS y las semanas, y cada noche Seleine visitaba a Bayir en la laguna.

Casi siempre le llevaba alimentos, para que no le faltara de nada y para que mantuviera su vigorosa energía. Iba al mar a por las algas que más le gustaban, pescaba peces pequeños y también guardaba algo de su propia comida para él. Poco a poco, sin embargo, el apetito del rey pez fue menguando y lo único que le importaba era tenerla cerca. La joven se sentaba en la orilla, unas veces en silencio, otras cantándole dulces canciones. Y así pasaban las horas hasta que, rendidos de cansancio, se dormían muy cerca el uno del otro. En ocasiones, al llegar el alba, Seleine tenía que correr hasta su cabaña para fingir que amanecía allí.

Al principio, Bayir siguió relatando sus extraordinarias aventuras a lo largo y ancho del arrecife y más allá, en los mares que lo envolvían. Las contaba porque Seleine ya se había acostumbrado a ellas y la fascinaban. Después, de manera gradual, fue enmudeciendo.

Días y semanas.

Con el paso del tiempo, ya nada fue igual.

Los colores de sus escamas perdieron viveza y brillo.

Sus ojos se entristecieron tanto que apenas si eran dos rendijas por las que conseguía filtrarse su mirada.

Sus aletas, de tanto nadar en círculos sin mucha fuerza, se debilitaron.

Los vecinos del pueblo, que al comienzo le convirtieron en su mayor atracción, perdieron todo su interés en él.

–Ya no es el mismo.

–Ha cambiado.

–Se está transformando en un pez vulgar.

–No sé por qué hemos de tenerlo en la laguna.

–Deberíamos venderlo antes de que pierda todos sus colores.

Seleine era la que más se daba cuenta de lo que sucedía.

Porque solo ella conocía el secreto del rey pez.

Cuando Bayir dejó de comer, comprendió que ni todo su amor sería capaz de salvarlo.

–¿Cómo lograste sobrevivir tú cuando te retuve en el fondo del mar? –le preguntó una noche.

–Teniendo esperanza –respondió ella.

–¿No fue mi amor lo que te mantuvo con vida?

–No, solo mi ansia de libertad.

–Entonces... ¿eso quiere decir que yo he perdido la esperanza?

Seleine comprendió que así era.

Y sin esperanza, la vida carecía de sentido.

A la noche siguiente, cuando acudió a la orilla de la laguna, el rey pez no nadó a su encuentro.

–Bayir –lo llamó, susurrando para no alertar a nadie.

No obtuvo respuesta.

Seleine se echó al agua y braceó por el estanque, pero no dio con él. Por un momento pensó que alguien del pueblo lo había atrapado con su red y se lo había llevado. Y entonces vio un destello apagado muy al fondo, en la parte más oscura de las aguas. Se dirigió hacia la zona y encontró a Bayir recostado en el fondo.

Ya no parecía un rey.

Solo un pez moribundo.

–¿Qué te pasa? –se alarmó la joven.

–Nada –dijo él escondiendo la cabeza.

–No puedes seguir así.

–¿Y cómo quieres que siga? Ya no soporto más esta cárcel.

–¿No me amabas?

–Ni siquiera todo mi amor puede aliviar esta falta de libertad: sin libertad no hay vida.

–¿Comprendes ahora el daño que me hiciste a mí?

Bayir lo comprendía.

Y mucho.

–¿Podrás perdonarme algún día? –suplicó.

–Ya te perdoné hace tiempo.

–¿No querías vengarte?

–¡No! –exclamó ella acariciándole la cabeza.

Ese simple gesto hizo que a Bayir le brillaran las escamas.

–Quise odiarte y no pude –continuó Seleine–. Primero sentí rabia, después lástima, y ahora...

–¿Ahora qué?

–Cada día espero a que llegue la noche para venir a verte y estar contigo –suspiró.

–Entonces... ¿me amas? –los ojos del pez se abrieron como grutas submarinas.

¿Le amaba?

La joven volvió a acariciarle la cabeza. Miró su cuerpo rendido. Recordó al exuberante pez que surcaba los mares cuando estaban juntos.

Ahora solo era una sombra de lo que había sido...

–Sí –se rindió ante la evidencia–, te amo, Bayir.

–Ahora que lo sé, moriré feliz –afirmó, y se abandonó por completo sobre el lecho marino.

–¡No puedes morir! –gritó Seleine.

–Ya no puedo seguir aquí –reveló él.

–Ni yo vivir siempre en el fondo del mar –dijo ella.

Y entonces intercambiaron la mirada más hermosa, y también la más triste.

Hermosa, porque finalmente el amor los había unido.

Triste, porque no podrían estar juntos jamás.

A no ser que...

–Bayir –dijo de repente la joven–, mañana volveré a por ti. Aguanta un día más. Solo uno más, ¿de acuerdo?

–¿Qué vas a hacer? –quiso saber el pez.

Pero Seleine ya nadaba hacia la superficie de la laguna.

–¡Un día! –gritó con ánimo y determinación–. ¡Solo un día más!

13 La libertad de Bayir

SELEINE casi no pegó ojo aquella noche.

Los nervios, la excitación, la comprensión de la realidad...

De pronto, en su mente, todo era luz.

Por la mañana fingió estar enferma para que su madre la dispensara de sus quehaceres. Se pasó horas trenzando unas cuerdas muy resistentes hechas con lianas y hojas de palma secas. Por la tarde cortó dos fuertes tallos de manglar y los guardó entre la espesura junto con la red que había hecho con sus propias manos. Por la noche fingió acostarse temprano. Cuando el pueblo entero dormitaba, ella se levantó como solía hacer siempre, pero, antes de ir a la laguna, remató su obra atando la red a los dos troncos de manglar y arrastró la insólita cama hasta el estanque.

No tuvo que meterse en él para buscar a Bayir. Tampoco fue necesario llamarle.

El rey pez estaba en la orilla, esperándola.

Cuando vio lo que llevaba, abrió los ojos como platos.

–¿Qué vas a hacer?

–Sacarte de aquí –dijo la joven con determinación.

–No vas poder; peso demasiado.

–Ya no soy una niña. Soy una mujer.

Era la primera vez que lo decía en voz alta, y era cierto. La niña maravillosa que Bayir había

raptado se había convertido en una joven espléndida. Y la joven había llegado a ser una mujer que ahora, finalmente, aceptaba la realidad de su nuevo mundo.

Una realidad que permitía la locura de que un pez y una humana se enamoraran más allá de la razón.

Seleine se echó al agua y pasó la red por debajo de Bayir. Primero bajo la cola, después bajo las aletas. El pez apenas si pudo colaborar, porque estaba demasiado débil. Cuando lo hubo asentado en el centro de las parihuelas, salió del estanque, cogió cada tronco con una mano y tiró con todas sus fuerzas.

Avanzó un palmo.

Dio otro tirón.

Otro palmo más.

–Déjalo, es inútil –suplicó él.

–Tengo toda la noche para conseguirlo –dijo apretando los dientes–. Y será mejor que te calles o despertarás a alguien, y será peor.

Tirón, palmo, tirón, palmo...

Fue una noche larga. Muy larga.

Seleine, aunque estaba exhausta, solo se detuvo dos veces para descansar. La primera, cuando alcanzaron la linde del calvero y quedaron protegidos por la espesura de la maleza. La segunda, casi al amanecer, cuando divisó la playa entre las palmeras.

El sol despuntó en la distancia.

Pronto, los vecinos del pueblo echarían a andar.

Quizás alguno descubriera lo insólito: el pez que en otro tiempo fue multicolor ya no estaba en la laguna.

Quedaba un esfuerzo final.

Y Seleine hubiera dado la vida por él.

Tiró, tiró y tiró hasta que sus pies hollaron la arena. Aunque estaba al límite de su resistencia, no se rindió. Movida tan solo por un último atisbo de voluntad, se adentró en el agua casi sin darse cuenta.

Y al final cayó de bruces.

–¡Seleine!

Bayir también empleó sus escasas fuerzas para llegar al agua. Rodó por las parihuelas y se empujó con sus aletas hacia adelante. Las olas cubrieron a ambos y vivificaron sus cuerpos.

Se miraron y sonrieron.

Porque de pronto comprendieron su destino.

14 El pacto

–Cada noche, al ponerse el sol, yo vendré a esta playa –prometió Seleine.

–Y cada noche, al ponerse el sol, yo nadaré hasta esta orilla –prometió Bayir.

–Estaremos juntos, hablaremos, nos contaremos nuestras cosas, nos amaremos.

–Esta será nuestra casa.

–Nadaré contigo y volveré al fondo del mar para descubrir lo hermoso que es, pero después regresaré aquí –dijo ella.

–Libre –añadió él.

–Los dos lo seremos, porque sin libertad no hay amor posible.

Bayir la abrazó rodeándola con sus aletas.

Seleine lo apretó con sus brazos.

–¿Por qué nacimos distintos? –se preguntó Bayir en voz alta.

–Ser distintos no nos hace diferentes a la hora de amar. Los sentimientos no cambian: son la verdadera fuerza de la vida.

–Te quiero –sonrió el rey pez.

–Y yo a ti, loco –asintió la princesa.

Se dieron un beso.

El primero, el más hermoso, el mejor.

Luego, Bayir se sumergió en las apacibles aguas del mar y nadó en línea recta, como hacía tanto que deseaba hacer.

Seleine regresó al pueblo. Antes de llegar, ya oyó los primeros gritos.

–¡No está! ¡El pez de colores ha desaparecido!

La joven cinceló en su rostro la mejor expresión de inocencia y echó a correr, feliz.

Ya no estaba cansada.

Flotaba.

15 Los amantes de la playa

TODAS LAS NOCHES de su vida, Seleine y Bayir acudieron a su cita en la orilla.

Todas las noches, sin faltar a ninguna, hablaban, se amaban, jugaban, se contaban mil y una historias, reían y, antes de que amaneciera, se separaban para esperar el paso de las horas que faltaban hasta su nuevo encuentro.

A veces, Seleine acompañaba a Bayir al fondo del mar.

Más tarde, él la conducía a su eterna orilla, su casa.

Nadie lo supo jamás.

Nadie entendió por qué la princesa no se casaba con ninguno de sus pretendientes, ni tampoco por qué se pasaba las mañanas durmiendo, agotada. Pronto se empezó a decir que estaba enferma y necesitaba descansar más que los demás. Eso terminó con el problema.

Con el paso de los años, Seleine se hizo todavía más bella.

Con el paso del tiempo, Bayir llegó a ser el emperador de los mares que envolvían el arrecife.

No hubo amantes más risueños.

Siempre hermosos el uno para el otro.

Siempre felices, aunque ella fuera envejeciendo y él perdiendo sus colores.

Un día, cien años después, los encontraron en la orilla, abrazados, unidos para la eternidad. Tanto y con tanta fuerza, que no pudieron separarlos.

Solo así empezó a conocerse su historia.

La historia de la princesa y el rey pez.

Desde entonces, en todas las playas del mundo, se sabe que los peces nadan hasta la orilla para buscar el amor y que las personas caminan hasta la playa para entregarse a él.

Desde entonces, todo amor es posible.

Dicen que fue una leyenda.

Pero toda leyenda tiene su parte de verdad.

Por eso en las orillas de esas playas, donde la tierra y el mar se unen bajo el cielo, el amor es vida más allá de todo.

Jordi Sierra i Fabra (Siosi Tusitala)

Salamumu y Falealupo (Samoa),
14 y 17 de octubre de 2002

Barcelona (España), 8 de noviembre de 2002
Isla Plana (España), agosto de 2011

Índice

TE CUENTO QUE JORDI SIERRA I FABRA...

... vivió momentos muy especiales recorriendo el país más pobre pero también más extraordinario de la Polinesia: Samoa. Dormía con su gente en fales, simples techos sostenidos por columnas, sin paredes, bajo los que se refugiaba toda una familia de treinta personas o más: hombres, mujeres, niños y también algún que otro animal. De día, los pescadores le contaban sus experiencias. De noche, era él el que llevaba a los jóvenes a la playa y les narraba sus cuentos con ayuda de un guía y traductor. Una de esas noches, relató esta leyenda en dos pueblecitos llamados Salamumu y Falealupo. Los jóvenes se asombraron de que su historia fuera «tan samoana», porque salían todas sus referencias: el mar, los peces, las princesas... No le creyeron cuando les dijo que se la acababa de inventar. Unos días después, le bautizaron con el nombre de Siosi Tusitala. Siosi por Jordi y Tusitala por «contador de cuentos», el mayor honor que puede recibir alguien en Samoa. Casi diez años después, Jordi ha plasmado por escrito su cuento samoano. Como toda historia de amor, es eterna.

¿QUIERES LEER MÁS?

SI LOS BRILLANTES COLORES DEL REY PEZ TE HAN PARECIDO CURIOSOS, NO DEJES DE LEER **LA FÁBRICA DE NUBES.** En la fábrica de Pampelum, todo discurre con normalidad, hasta que un día empiezan a salir nubes de colores por la chimenea: rojas, amarillas, violetas... ¡y hasta de lunares!

LA FÁBRICA DE NUBES
Jordi Sierra i Fabra
EL BARCO DE VAPOR, SERIE AZUL, N.º 36

SI RESPETAS EL MEDIO AMBIENTE Y, AL IGUAL QUE SELEINE, NO HUBIERAS PERMITIDO QUE TU PUEBLO MATARA A BAYIR, **AMALIA, AMELIA Y EMILIA** TE ATRAPARÁ DESDE EL PRINCIPIO.

Amalia, Amelia y Emilia adoran el bosque de Cantamilanos. Pero este corre peligro y las tres brujas harán todo lo que esté en sus manos para protegerlo.

AMALIA, AMELIA Y EMILIA
Alfredo Gómez Cerdá
EL BARCO DE VAPOR, SERIE AZUL, N.º 53

SELEINE ECHA MUCHO DE MENOS A SU FAMILIA, Y LO MISMO LE OCURRE A NORA, LA PROTAGONISTA DE **SE VENDE PAPÁ**. Pero cuando el padre de la niña vuelve a casa e intenta ser el padre perfecto, la vida de Nora se pone patas arriba.

SE VENDE PAPÁ
Care Santos
EL BARCO DE VAPOR, SERIE AZUL, N.º 155

SI TE HA GUSTADO ESTA LEYENDA SAMOANA Y SIENTES CURIOSIDAD POR LA CULTURA DE OTROS PAÍSES, NO TE PIERDAS **NIÑOS DE LOS CINCO CONTINENTES**. En este libro, más de ciento treinta niños te van a contar cómo es su vida en los distintos rincones de la Tierra.

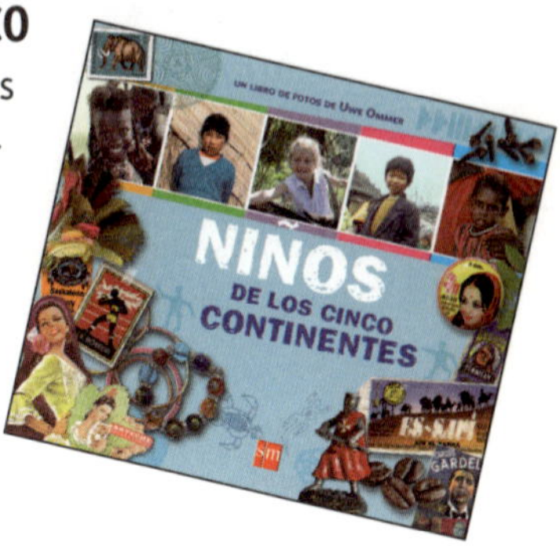

NIÑOS DE LOS CINCO CONTINENTES